きみたちは知っているかな?
悪霊《あくりょう》たちがもっともたくさん動き回る日が
雨の日だということを。
空からふりそそぐ雨の一つぶ一つぶに、
その悪霊《あくりょう》たちが閉《と》じこめられているんだよ。
ほら、空を見てごらん。
今日も雨がふりそうだ。イッヒッヒ。
さあ、そろそろいっしょに行こうか。
身《み》の毛もよだつ、
放課後《ほうかご》の世界へ……。

目次

# あの子がついてくる

雨の日だった。ぼくは母に頼《たの》まれて、近くのスーパーまで買《か》い物《もの》に行った。

「何だってまあ、こんな雨の日に行かせるかね」

ちょっと不満《ふまん》。それでも父の大きなかさを借《か》りて、ぼくは雨の中を歩いている。久《ひさ》しぶりの本格的《ほんかくてき》な雨だった。横断歩道《おうだんほどう》を渡《わた》ろうとしたところで、信号《しんごう》がちょうど赤になった。

「ちぇっ、ついてないな」

じっと信号《しんごう》の赤を見つめる。かさをたたく雨の音が耳の奥《おく》で響《ひび》いた。

「ん？」

背中《せなか》に気配《けはい》を感《かん》じて、後ろをふり向《む》く。

（な、なんだ、この子）
そこには一人の女の子が立っていた。一年生か二年生。たぶんそれくらいの学年だろう。この雨の中、かさもささずに立っている。
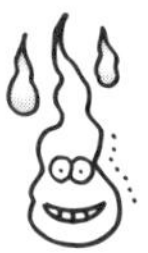

（かさがないのか。入れてあげようかな）

そうも思ったが、信号《しんごう》が青に変《か》わったため、ぼくはそのまま先を急《いそ》いだ。

「ええと、歯《は》ブラシ三本とシャンプーだっけな」

店の中は、意外《いがい》なほどすいていた。まあ、この雨じゃ無理《むり》ないかも。

ついでに、ぼくの好《す》きなカップラーメンも買ってやった。まあ、これくらいは買《か》い物《もの》のおだちんとして、認《みと》めてくれるだろう。

買《か》い物《もの》をすませて外へ出ると、雨はますます強くなっていた。

「車で来れば、わけないだろうになぁ」

またまた、グチが口をついて出る。買《か》い物《もの》客はみんな、車で来ている。

徒歩《とほ》で来ているなんて、ぼくぐらいなものだ。

「こんな日に徒歩《とほ》なんて、トホホだ」

ギャグでもかましていないと腹《はら》が立つ。

しばらく歩き、コンビニの角を曲《ま》がったところで、ぼくはまた妙《みょう》な気《け》配《はい》を感《かん》じた。ふっと、後ろをふり向《む》く。するとそこに立っていた。さっきの女の子が、びしょぬれのままで立っていた。前髪《まえがみ》から雨のしずくをしたたらせ、ぼくをじっと見上げている。ぼくはその子に近づき、声をかけた。

「どうしたの？　かぜひいちゃうから、早くおうちへ帰りな」

けれどその子は何も答えず、相変《あいか》わらずぼくをじっと見上げている。

（なんだこいつ。へんなやつ）

ぼくはもう、気にしないことにした。足を早めて家への道を急《いそ》ぐ。

「早く帰らないと、テレビが始《はじ》まっちゃうぞ」

見たいお笑《わら》い番組があるんだ。急《いそ》がなくちゃ。早足で花屋《はなや》の前を通り過《す》ぎる。と、その店のショーウィンドゥにぼくの姿《すがた》が映《うつ》った。

「えっ！」

思わずぼくは声をあげた。すぐ後ろにあの子が映《うつ》っていたんだ。

「何だよ。何でついてくるんだよ！」

ぼくは勢《いきお》いよくふり向《む》いて、怒鳴《どな》るように言った。しかしその子はやはり、だまったままだ。何か得体《えたい》の知れないゾッとしたものを感《かん》じて、

ぼくは走り出した。

（こう見えても、ぼくは去年《きょねん》の校内マラソン大会第三位《だいさんい》だぞ。あんなやつ、引き離《はな》すなんてかんたんさ）

ズボンのすそに道路《どうろ》の水がはね上がる。かさをたたく雨の音が、一段《いちだん》と大きくなった。

家までもう少し……、というところで、ぼくは走るのをやめた。そしてそっと後ろをふり向《む》く。だれもいない。

「へへっ、ざまあみろ。ガキンチョのくせに、おかしなまねをするからだ」

そう吐《は》き捨《す》てるようにつぶやいて、向《む》き直ったとき、目の前にあの子はいた。

「うわぁっ!」

　ぼくはかさを投《な》げ出し、全力《ぜんりょく》でその場から走り出した。いや、逃《に》げ出した。たたきつけるような雨に、全身《ぜんしん》がびしょぬれになった。髪《かみ》から流《なが》れ落《お》ちる雨で、前がよく見えない。それでもぼくは走った。

「あっ!」

　マンホールのふたですべり、左ひじをはでに打《う》ちつけた。

「いたたた」

　左の腕《うで》がしびれる。けれど今は、それどころじゃない。言いようのない恐怖感《きょうふかん》にぼくは追《お》いかけられている。再《ふたた》び立ちあがって走る。

「やった。帰ってきた……」

玄関《げんかん》のドアを勢《いきお》いよく開《あ》け、家の中へ飛《と》びこむ。

「どうしたの、そんなにびしょぬれになって。走って帰ってきたの？
息《いき》がはずんでるじゃないの」

母の疑問《ぎもん》も無理《むり》はない。でも今はそんなこと、どうでもよかった。
「買ってきたよ、歯《は》ブラシとシャンプー」
かさは投《な》げ出したが、買ったものだけは手放《てばな》さなかった。

「はいはい、ご苦労様《くろうさま》。とにかく早く、タオルで頭をふきなさい。かぜひくわよ」
ぼくがあの子に言った言葉《ことば》が、母から返《かえ》ってきた。ぼくは言われたと

おりに、タオルで頭をゴシゴシとこする。左ひじがズキッとする。一度だけちらっと玄関《げんかん》を見たが、いつもと何の変《か》わりもない。

（ふう、何だったんだ、あいつは）

洗面所《せんめんじょ》で、左ひじを見た。紫《むらさき》色《いろ》にはれあがっている。

「くそっ、みんなあいつのせい

だ」

鏡《かがみ》に向《む》かって、パンチを二、三発くりだす。

「早くいらっしゃい。温《あたた》かいココアを入れたわよ」

リビングから、母の声が聞こえてきた。そういえば体が冷《ひ》えている。

ぼくは、両手《りょうて》をこすり合わせながら、リビングのテーブルに向《む》かった。

「う～、さむさむ。ココア、うまそ……」

ふっと顔を上げたぼくの全身《ぜんしん》を恐怖《きょうふ》がつつみこむ。笑顔《えがお》の母の隣《となり》に、
あの子がじっと座《すわ》っていたから……。

# 雨の夜のきも試《だめ》し

体育館《たいいくかん》の屋根《やね》を、雨が激《はげ》しくたたいていた。

「コーチ、おくれるんだってよ。『自分たちで練習《れんしゅう》してなさい』って連絡《れんらく》が入ったけど、なんかその気にならないね」

美優《みゆ》が面倒《めんどう》くさそうに言った。わたしたちは、ジュニアバレーボールのチーム。毎週《まいしゅう》水曜日は、学校の体育館《たいいくかん》で練習《れんしゅう》をしている。

「やっぱこの雨じゃ、メンバーも集《あつ》まらないよ」

そう言うのは、サブリーダーのつづみだ。たしかに集《あつ》まりがとても悪《わる》い。全員《ぜんいん》で八人しか集《あつ》まっていない。その他《ほか》に、ママさんバレーの女の人が二人いるけど、何か物足《ものた》りない。少しの間、パスの練習《れんしゅう》をしていたが、だんだん遊《あそ》びになってきた。二人のママさんは、しきりに時計を気にしている。

「コーチ、おそいわねえ。ケータイに電話してみようか」

しかし出ない。何度《なんど》電話をしても出ないのだ。

「しかたない。わたしたち、コーチのところに行ってくるから、あんたたち、ちゃんと練習《れんしゅう》していなさいよ」

ママさんの言葉《ことば》に、「ハーイ」と返事《へんじ》はしたけれど、気持《きも》ちはもう、

遊《あそ》びモードに入っている。

「ねえ、コワイ話しない？　ちょうど雨も降《ふ》ってるし、ムード満点《まんてん》」

美佳《みか》と菜摘《なつみ》はちょっと尻込《しりご》みしたが、あとのメンバーは大乗《おおの》り気《き》だ。

だれかがコワイ話をした後、二人ずつペアになって、体育館《たいいくかん》の周《まわ》りを一《いっ》周《しゅう》してくる、というルールだ。

「最初《さいしょ》はグー。ジャンケンポン！」

美佳《みか》としおりがトップバッターに決定《けってい》。コワイ話は美優《みゆ》の担当《たんとう》だ。

「学校のトイレの三番目に……」

美優《みゆ》の話が始《はじ》まる。けっこうな迫力《はくりょく》に、美佳《みか》としおりが情《なさ》けない顔つきになってきた。

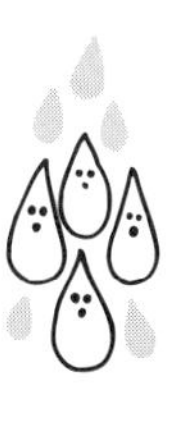

「はい、話はここでおしまい。いってらっしゃ〜い」
「えー、本当に行くの？　美優《みゆ》の話、こわすぎるよ」
しかし二人は美優《みゆ》に背中《せなか》を押《お》され、かさをさして雨の中へと出ていった。

「まあ、ゆっくり歩いても一周《いっしゅう》、三分ってとこね。ちょろい、ちょろい」
美優《みゆ》は本当にきもがすわっている。こわくないんだろうか。一分、二分、そして三分……。時はゆっくり過《す》ぎていく。
「ねえ、もう五分もたってるよ」
けれど二人とも、まだ帰ってこない。

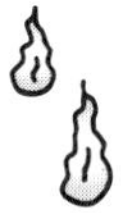

「とちゅうでこしでもぬかしてるんじゃないの？

帰ってくるのを待《ま》っていられないから、二組目、スタートしちゃおう。そのとちゅうで美佳《みか》としおりを連《つ》れてきてよ。こしぬかしてたら、引きずってきてもいいからさ」

二組目は、たまきとあやなだ。二人でぴったりくっついて、おそるおそる体育館《たいいくかん》の外へ出ていく。体育館《たいいくかん》の大時計が、カチッカチッと時を刻《きざ》む。また五分たった。まだだれも帰ってこない。

「ねえ、どうしちゃったんだろう。美佳《みか》としおりなんて、もう十分以上《いじょう》たってるよ。なんかおかしいよ」

わたしは美優《みゆ》の顔をのぞきこんで、そう言った。降《ふ》りしきる雨は、まだまだやみそうもない。

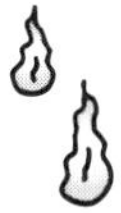

「雨がひどくなってきたから、どこかで雨宿《あまやど》りでもしてるのかなあ。それとも、逆《ぎゃく》バージョンであたしたちをおどかそうとしてるのかも」
美優《みゆ》の声も小さくなってきた。三組目は、前の組を連《つ》れもどすためだけに出発《しゅっぱつ》した。広い体育館《たいいくかん》に残《のこ》ったのは、美優《みゆ》とわたしだけ。何気なくついたボールの音が、ポーンと体育館《たいいくかん》の天井《てんじょう》に反響《はんきょう》した。

「ねえ、美優《みゆ》。わたしたちも行こうよ。こんなところで二人っきりなんていやだよ」
わたしはきも試《だめ》しなんか、もうどうでもいいと思っていた。一刻《いっこく》も早く、このおかしなゲームを終《お》わらせたい。それだけを願《ねが》っていた。
その時、天井《てんじょう》の蛍光灯《けいこうとう》がチカチカとてんめつし始《はじ》めた。わたしは美優《みゆ》

おいで〜

のトレーナーのそでを引っ張《ぱ》る。

「な、なんか、やだ。早くここから出よう」

【ギギッ……】

わたしたちの背中《せなか》で、不気味《ぶきみ》な音がした。

「キャーッ！」

わたしたちの悲鳴と共《とも》に現《あらわ》れたのは、コーチと二人のママさんだった。

わたしと美優《みゆ》は飛《と》ぶように近づき、今までのことを話した。すると、コーチが笑《わら》いながらこう言った。

「そりゃ、きみたちをこわがらせようと思ってやってるんだよ。よくあるパターンさ」

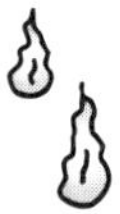

今度《こんど》はコーチとママさん、わたしと美優《みゆ》の五人で、体育館《たいいくかん》の周《まわ》りを歩いた。

「おーい、もう終《お》わりだよ。コーチも来たからさあ。ねえ、美佳《みか》！　あやな！」

懐中電灯《かいちゅうでんとう》の明かりの中を、大粒《おおつぶ》の雨が地面《じめん》に突《つ》き刺《さ》さるように降《ふ》っている。

「しおり！　たまき！」

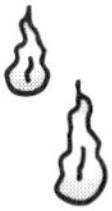

しかし、いくらよんでも返事《へんじ》はなかった。

「いったい、どうしちゃったんでしょう。ねえ、コーチ……」

いない。すぐ横《よこ》を歩いていたはずのコーチも、二人のママさんもいな

くなっていた。

「か、帰ろう」

　わたしと美優《みゆ》は、ずぶぬれになりながら、走って家まで帰った。

「あら、どうしたの？　あなたが出て行った後、すぐに美佳《みか》ちゃんから電話があって、今日の練習《れんしゅう》はコーチの都合《つごう》で中止ですって」

「えっ、何それって。美佳《みか》なら、ついさっきまでいっしょだったんだよ」

　わたしはさっき、いっしょに体育館《たいいくかん》にいたみんなに電話をかけた。すると全員《ぜんいん》家にいて、だれも体育館《たいいくかん》には行っていなかったという。

「じゃあ、さっきまでずっといっしょにいたのはだれなの？」

　激《はげ》しい雨が、狂《くる》ったように窓《まど》ガラスをたたいていた。

# かげがない

わたしは、家の中をそわそわと歩き回っていました。

「おそいなあ、おじさんもおばさんも」

わたしはしおり。二年生の女の子です。今日はひさしぶりに、わたしの大《だい》好《す》きな北《ほっ》海《かい》道《どう》のおじさんとおばさんが、遊《あそ》びに来る日です。ずっと楽しみにしていた土曜日なのです。

ピンポーン

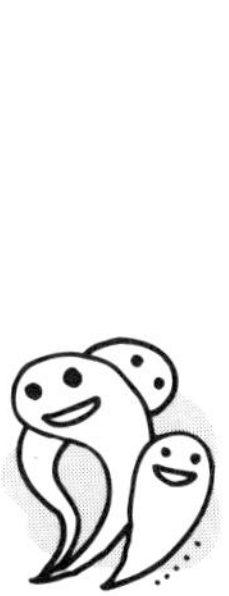

待《ま》ちに待《ま》ったおじさんたちがやってきました。

「いらっしゃーい」

「こんにちは。ほら、これ、しーちゃんにおみやげだよ」

そのおみやげは、テディベアの大きなぬいぐるみ。わたしは思《おも》わず、おじさんとおばさんに、だきついていました。

その日は、わたしの家でごちそうを食べ、夜おそくまで楽しくすごしました。そして次《つぎ》の日……。

おじさんとおばさんの二人は、わたしを遊園地《ゆうえんち》へつれていってくれました。

「しーちゃん、何に乗《の》りたいの？」
　おばさんがやさしくたずねます。

「うーん、そうね。最初《さいしょ》は観覧車《かんらんしゃ》で遊園地《ゆうえんち》全部《ぜんぶ》を、高いところからながめてみたいな」
　さっそく乗《の》りこみます。
「わあっ、高い、高い。道路《どうろ》

がほら、あんなに下だよ。車がおもちゃみたい」

わたしはまるで、四つか五つくらいの小さい子みたいに、すごくはしゃぎました。観覧車《かんらんしゃ》のあとはジェットコースター、そのあとはフライングカーペットと、何に乗《の》っても楽しくて、楽しくて、しかたがありません。

楽しい時間は、あっという間にすぎていきます。もう夕方。オレンジ色の空が、青い空にどんどん割《わ》りこんできました。わたしは二人と手をつないで歩きます。右手におじさん。左手にはおばさん。夕日を背《せ》にうけて、わたしのかげが長くのびています。

「えっ？」

わたしの足がいっしゅん、止まりました。かげがひとつしかないのです。手をつないで三人で歩いているはずなのに、わたしのかげだけしかないのです。わたしはおじさんとおばさんを、交互《こうご》に見あげます。けれど二人は、じっと前を見たまま、ひとこともしゃべりません。

「ハッ!」

わたしはあわてて、つないだ手をはなしました。すると二人は悲しそうな顔をして、じっとわたしを見下ろします。そしておばさんがゆっくりとしゃがみこんで、わたしの目を見つめました。

「しーちゃん。わたしたちは、もういいのよ」

とてもやさしい声でした。けれどわたしには、何のことかさっぱりわ

かりません。何が〝もういい〟なのか。その時、わたしのほっぺに、ポツリと冷《つめ》たいものが当たりました。雨です。つい今まで夕焼《ゆうや》けだったはずなのに、いったいどうしたことでしょう。その雨が地面《じめん》をしっとりとぬらし、わたしたちの……、いいえ、わたしのかげを消《け》し去《さ》っていました。

さっき見た〝かげのない二人〟は、まぼろしだったのでしょうか。

たっぷり遊《あそ》んだせいか、帰りの電車の中で、わたしはぐっすりとねむってしまいました。駅《えき》からタクシーに乗《の》ったことも、おじさんにだっこされて自分のベッドまで行ったこともおぼえていません。いくらねぼすけのわたしでも、そこまで深《ふか》くねむったことなんて、今までなかったのに……。

わたしが目をさました時にはもう、おじさんもおばさんも帰ったあとでした。お日さまが高くのぼっています。時計を見ると、なんと十時半。こんなにおそくまでねていたことも初《はじ》めてです。

「起《お》こしてくれればよかったのに」

　わたしはおとうさんとおかあさんに、ぶつぶつともんくを言いました。けれどそんなわたしの声も、二人にはとどかないようです。食い入るように、テレビの画面《がめん》を見つめています。

「どうしたの？　そんなにしんけんになっちゃって」

「それがね……」

　と、ふりかえったおかあさんの顔が、青ざめています。

「きのう、テレビをつけなかったのでわからなかったんだが」

「新聞もお休みの日だったしね」

何のことかわかりません。

「んもう、もっとわかりやすく言ってよ」

わたしは頭をコリコリかきながら、ダイニングのいすにこしかけました。

「それがね、土曜日の朝、北海道《ほっかいどう》を飛《と》び立った飛行機《ひこうき》がついらくして、たくさんの方が亡《な》くなったらしいの」
おかあさんの声がふるえています。続いておとうさんが話を続けました。

「実《じつ》はその飛行機《ひこうき》に、おじさんとおばさんが乗《の》っていたはずなんだよ」

そんなおかしな話はありません。

「だって二人ともちゃんとうちへ来て、日曜日にはわたしといっしょに遊園地《ゆうえんち》に行ったんだよ。乗《の》った飛行機《ひこうき》がちがうんでしょう。でも、あぶなかったね」

わたしは、ほっとむねをなでおろします。ところがおとうさんとおかあさんは、顔を見合わせたあとで、首を横《よこ》にふりました。

「それがさっき、北海道《ほっかいどう》のしんせきから電話があってね。『二人はきのどくだったわね』って。やっぱり、その飛行機《ひこうき》に乗《の》っていて、亡《な》くなったんですって」

　わたしの頭の中は、ぐちゃぐちゃにこんがらかっていました。
「そんなのへんだよ。だったらうちへ来た人はだれ？　わたしを遊園地《ゆうえんち》へつれて……」
　そこまで言って、わたしは「ハッ」と、口をおさえました。
（あの時、ふたりにはかげがなかった。それに、おばさんが言ったあの言葉《ことば》……）

【わたしたちは、もういいのよ】

わたしは思《おも》わず、二人からもらったテディベアをだきしめました。そうしたら、なみだがあふれて止まらなくなりました。

（おじさん、おばさん！）

窓《まど》を開《あ》けて、二人が飛《と》んでいたはずの空を見あげます。いつの間にか、しずかに雨が降《ふ》っていました。きのうと同じような、冷《つめ》たい雨が……。

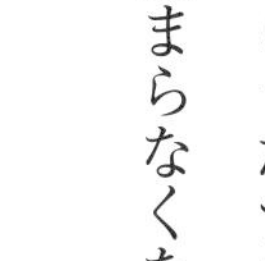

# カッパがいた!

プールの季節《きせつ》が始《はじ》まりました。

「いやだなぁ。プールなんてなければいいのに」

ゆいちゃんは、あまり泳《およ》げません。だからプールの季節《きせつ》がやって来ると、気が重《おも》くなってしまうのです。

その日、プールの用意《ようい》はしてきましたが、あいにくの雨で中止になってしまいました。

「ああ、よかった。プールの時は、いっつも雨だといいな」

そんなことをポツリとつぶやくゆいちゃんでした。

二年一組の教室からは、プールが見えます。ゆいちゃんの席《せき》は窓《まど》がわなので、特《とく》によく見えるのです。

その日、ゆいちゃんは教室の窓《まど》から、プールに広がる雨の輪《わ》っかをぼんやりと見つめていました。

（雨が降《ふ》ると、どうして輪《わ》っかができるのかな。あの輪《わ》っかって、いったいいくつあるんだろう。できてもすぐに消《き》えちゃうから数えられないよ）

と、その時です。ゆいちゃんは、「えっ」とかすかな声を出してしま

いました。たしか今、プールの中で、何か緑色《みどりいろ》っぽいものがポチャン
とはねたのです。
「なになに?」
ゆいちゃんは、自分の目をゴシゴシとこすります。ようく目をこらし

てみると、今度《こんど》はもう、何も見えません。
(あたしの目、どうかしちゃったのかなぁ)
ふうっとため息《いき》をひとつついた時のことです。プールのまん中をスイ
ーッと泳《およ》いでいく緑色《みどりいろ》の何かがはっきりと見えました。

(カッパ……?)
まさかとは思《おも》いましたが、見れば見るほどカッパです。妖怪図鑑《ようかいずかん》で何《なん》

度《ど》も見たことがあるので、まちがいはありません。

「カッパだぁ！」

ゆいちゃんの大声に、みんながこっちを向《む》きました。

「静《しず》かにしてください」

だれかがめいわくそうな声で、そう言いました。先生がゆいちゃんの方に近づいてきます。

「そうよ。授業中《じゅぎょうちゅう》に、大きな声なんか出しちゃだめじゃない」
「だって、だって、カッパがいたんだもん。プールにカッパがいたんだもん」

その言葉《ことば》に、みんながドッと窓《まど》がわに集《あつ》まってきます。

「やめなさい！　みんな、席《せき》につきなさい！」

先生が怒《おこ》っています。

「なーんだ。何にもいないじゃん」

「ゆいのうそつき」

みんなが口々《くちぐち》にはやしたてます。

（だって、本当にいたんだもん）

ゆいちゃんはちょっぴり、悲しくなりました。授業中《じゅぎょうちゅう》に大声を出したことで、放課後《ほうかご》、先生に残《のこ》されて、たっぷりお説教《せっきょう》をもらいました。

そのおかげで帰りがおそくなり、ゆいちゃんは、一人で帰らなくてはならなくなりました。雨の日だからでしょうか。しょうこう口から外に出

ると、あたりはシーンと静《しず》まりかえっています。雨がパシパシとかさをたたきます。

プールの横《よこ》を通ったその時です。プールの水がガバッとはねあがり、緑色《みどりいろ》の生き物《もの》がピタンと、かなあみのフェンスにしがみつきました。

ゆいちゃんはびっくりして、かさを放《ほう》り出します。

「ああ、あんた、カッパ？」

「ほう、おいらが見えるのかピー。その通り、おいらはカッパのカッピーさまだピー」

ゆいちゃんは、ほっぺをつねってみました。ゆめじゃないかと思《おも》ったからです。

「いたい！　うわっ、ゆめじゃない！」

「あたりまえだピー。……おまえ、泳《およ》ぎがにがてだろ。おいらが教えてやるピー」

　ゆいちゃんは、ちょっとけいかいしています。

「どうして、あたしにだけ教えてくれるのよ」

「そりゃ、おまえがいいやつだからだピー。だっておまえ、おいらが見えるんだろ？」

　話をしているうちに、ゆいちゃんもこのカッパ、いや、カッピーがすきになってきました。さっそく水着《みずぎ》に着《き》がえるゆいちゃん。おそるおそる、プールに入ります。

「まず全身《ぜんしん》の力をぬくんだピー。あー、だめだめ。しかたないピー。うまくなるおまじないを教えてやるピー。いいか、水の中で、『カッピー、カッピー、しとさちぐまやカッピッピッピー。こおなだちうカッピッピー』ってとなえてから、泳《およ》ぎはじめるといいんだピー」

なんだか少し、ばかばかしい気もしましたが、とりあえず言われた通りにやってみました。するとどうでしょう。からだがふわっとかるくなり、水なんか、ちっともこわくなくなったのです。

「それでいいんだピー。あとは水のかきかたと呼吸《こきゅう》のしかたを教えるピー」

カッピーのコーチはとてもじょうずで、ついさっきまでほとんど泳《およ》げ

なかったゆいちゃんが、なんと二十五メートルを泳《およ》いでしまったのです。

「カッピー、すごい。あたし、泳《およ》げたよ。二十五メートルも泳《およ》げたよ！」

思わず見上げた空から、ほんのちょっぴり青空がのぞいていました。

「おっと、雨がやんじまうピー。それじゃ、あとは自分でがんばるんだピー」

「えっ、もう行っちゃうの、カッピー」

ゆいちゃんは、カッピーのこうらにギュッとつかまります。

「そりゃそうだピー。ほかの学校にも、ゆいみたいなやつがまだまだいるんだピー。そいつらにも、教えてやらなくちゃ。そうやって、『カッパはわるいやつ。こわい妖怪《ようかい》』っていうごかいをといていくのが、おい

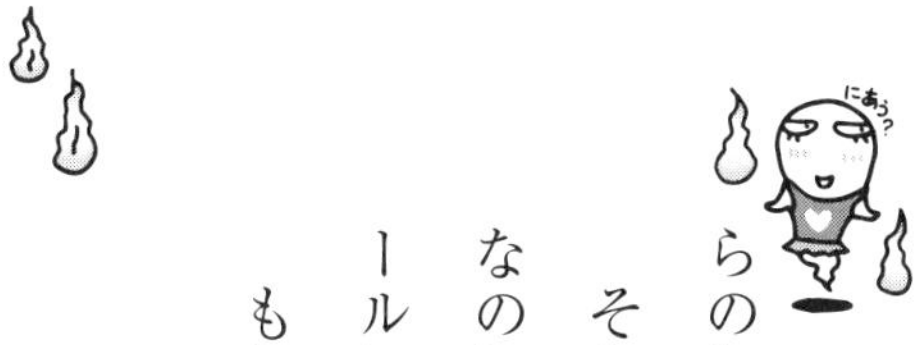


らのしごとなんだピー」

それだけ言うと、カッピーは、プールの中にザブンと飛《と》びこみました。

なのに、プールの中にはいません。いったいこの次《つぎ》は、どこの学校のプールにあらわれるのでしょうか。

もしかしたら、あなたの学校かもしれませんよ。

# あっけらかん

うちの両親《りょうしん》は、とにかくのんきというのか、脳天気《のうてんき》というのか、どんな大変《たいへん》なことがあっても、「ま、いっか!」という感《かん》じであっけらかんとしている。

つい先月、おとうさんの会社が倒産《とうさん》。だから、それまで入っていた社《しゃ》宅《たく》を出なくてはならなくなった。

「まいったな」

「ほんと、まいったわね。ま、しかたないって」
そんな会話を交《かわ》わして、あははと笑《わら》っている。カリカリしているのはわたしだけ。
その後、我《わ》が家《や》は、小さなおんぼろアパートを借《か》りて住《す》むことになった。

「いやだぁ、こんな家」

わたしが本気で怒《おこ》っても、全然《ぜんぜん》わかってくれない。

「まあ、いいじゃないか。『住《す》めば都《みやこ》』っていうんだぞ」

「そうよ。それにおそうじが楽で助《たす》かるわぁ」

そう言って、またあははと笑《わら》っている。キリキリしているのはわたし

だけ。

　どうにか引《ひ》っ越《こ》しが終《お》わり、一息《ひといき》ついたその日のこと。近所《きんじょ》のお寿司《すし》屋《や》さんから出前を取《と》って食べようということになった。

「いいの？　そんなぜいたくして。うちって今、お金ないんでしょ？」

　わたしは小声でそう言って、おかあさんの顔をのぞきこむ。

「まあ、いいじゃない。おめでたい引《ひ》っ越《こ》し初日《しょにち》なんだから」

　おとうさんは、「寿司《すし》だ、寿司《すし》だ」と喜《よろこ》んでる。なーにが、〝おめでたい〟のよ。おめでたいのは、おとうさんとおかあさんよ！　イライラしてるのはわたしだけ。

結局《けっきょく》、二人の希望《きぼう》通り、おぜんの上には大きなお寿司《すし》の器《うつわ》がドカンと乗《の》った。

「いっただきまーす！」

まったく、のんきなもんだ。とその時、信《しん》じられないことが起《お》こった。目の前のお寿司《すし》が突然《とつぜん》、ふわっと浮《う》き上がったのだ。

「あっ、こら。それはおれのハマチだぞ！」

そう言って、そのハマチを取《と》り返《かえ》して食べている。そんな場合《ばあい》じゃないでしょうって。次《つぎ》に、おかあさんの湯飲《ゆの》みがゆらゆらと空中をさまよいだした。

「あら、ちょっとこぼれたらあぶないねぇ。これはあたしのよっと」

これも取《と》り返《かえ》した。こしをぬかしているのはわたしだけ。

「うーん、どうやらこの家には、何かが住《す》み着《つ》いているみたいだな」

おとうさんが、部屋《へや》の中をながめ回して言う。

「そうみたいね。さみしくなくていいわ。おーい、よろしくね〜！」

そしてまたあははと笑《わら》う。わたしはもう、どうでもよくなった。

ある雨の日、わたしのきらいな、親せきのまさるおじさんが来た。
「悪《わる》いな。ちょっとばかり、金を貸《か》してくれや」
前にもうちに来て、同じことを言った。おとうさんはにこにことして、
こう言い返《かえ》す。

「会社がつぶれて、こんな安《やす》アパートに入っている人間に、『金貸《か》してくれ』はないでしょう。うちが借《か》りたいくらいなんですから」

いいぞ、いいぞ。おっぱらっちゃえ！　しかし、おじさんもなかなか帰らないでねばっている。

「まあ、そんなこと言わないでさぁ。いくらでもいいんだ。子どもの小《こ》遣《づか》い程度《ていど》でいいんだから」

　ここでおかあさんが、間に入った。

「ちょうどいいところへ来たよ、まさるちゃん。うち、今月のガス代《だい》はらうお金がなくてね。あんた貸《か》しておくれよ。ねえねえねえ、ねえってばさ。貸《か》して、貸《か》して、貸《か》して」

おかあさんの逆襲《ぎゃくしゅう》だ。まさるおじさんは、おかあさんのその言葉《ことば》を聞いて、いきなり逆《ぎゃく》ギレした。

「ふざけんじゃねえぞ。貸《か》さねえっていうんなら、服《ふく》でもテレビでも持《も》ってって、売り飛《と》ばしてやる！」

と、すごんだその時だった。

【ピタッ、ピタッ、ピタッ……】

みょうな音がする。

「な、何だ、この音は」

すると、窓《まど》ガラスの上の方に、ピタッと小さな手の跡《あと》がついた。

【ピタッ、ピタッ……】

その手の跡《あと》が、だんだん下へと下がっていく。窓《まど》ガラスの一番《ばん》下まで下がると、今度《こんど》は床《ゆか》に足形がついていく。そしてそれがだんだん、おじさんの方へ迫《せま》ってきた。
「ヒェ〜ッ、な、なんなんだ、この家は！」

大声で叫《さけ》び、一度《いちど》テーブルの角《かど》にひざをぶつけたあと、おじさんはケンカに負《ま》けた犬みたいに、外へ飛《と》び出していった。外は大雨。きっとずぶぬれになることでしょう。

「あはは、行った、行った。うーん、そうか。お前さんはまだ子どもの霊《れい》だったんだな。おかげで助《たす》かったよ、サンキュー」

そう言って、おとうさんは足形の止まったあたりに向《む》かって、頭を下げた。その横《よこ》でおかあさんも同じようにした。もちろん、わたしも……。

それからしばらくして、おとうさんに新《あたら》しい仕事《しごと》が決《き》まった。思《おも》っていたより、ずっと早い決定《けってい》だった。

「その会社、社宅《しゃたく》も完備《かんび》していてな。このおんぼろアパートより、ずっと広いぞ。よかった、よかった」

こうして我《わ》が家は、またも引《ひ》っ越《こ》しのしたくをしなくてはならなくなった。

「短《みじか》い間だったけど、なんかよかったな、このアパート」

わたしが柱《はしら》をそっとなでていると、おかあさんがおしりをポンとたたいた。

「何言ってるのよ。あんなにモンク言ってたくせに。『ぼろい』とか『せまい』とか言ってさ」

そりゃそうだけど、いざはなれるとなると……。

ところがこの引《ひ》っ越《こ》し、なかなか大変《たいへん》だった。積《つ》み上げた本はかたっぱしからくずれるし、結《むす》んだヒモは勝手《かって》にプツンと切れてしまうし。でも、わたしにはその理由《りゆう》が、何となくわかった。

「おとうさん。あの子、わたしたちに行ってほしくないんじゃない？　きっと『ここにいて』って言ってるんだよ」

わたしの言葉《ことば》を聞いて、おとうさんは困《こま》った顔になった。

「うーん、そんなこと言ってもなあ。……おい、ぼくちゃんさぁ、あ、おじょうちゃんかな？　とにかく気持《きも》ちはわかるけど、わたしたちはやっぱりここから出なくちゃならないんだ。人間は働《はたら》かなくちゃならないから、しかたないんだよ。ここでは今度《こんど》の会社から遠すぎて通えないし、

社宅《しゃたく》にだって入らなくちゃならない。わかってくれよ、な！」

それから少しの間があった。ふと窓《まど》を見ると、一滴《いってき》の水がツーッとガラスを伝《つた》って落《お》ちた。今度《こんど》はおかあさんの出番《でばん》だ。

「ありがとうね。あたしたちも楽しかったよ、あんたといられて。だからもう泣《な》かないで。今度《こんど》ここへ入る人たちとも仲《なか》よくやっておくれよ。それじゃあね、バーイ」

やれやれ、別《わか》れるときも〝あっけらかん〟の両親《りょうしん》だ。わたしは大切《たいせつ》にしていた星座《せいざ》のストラップをそっと壁《かべ》にかけた。

「これ、お礼《れい》だよ。ありがとう」

窓《まど》にふたつの手形が、ピタッとついた。

# 雨の夜の死神《しにがみ》

ぼくの家は、アウトドア一家なんて呼《よ》ばれている。つまり、テントやシュラフ(注1)などをもって、自然《しぜん》の中へ飛《と》びこんでいくのが好《す》きな家族《かぞく》なんだ。でも今日は、ぼくとおとうさんの二人だけで出発《しゅっぱつ》した。ちょっとハードなキャンプなので、おかあさんやおねえちゃんは家で留守番《るすばん》になった。

ぼくたちは、マウンテンバイクに乗《の》って、どんどん山の中へ入ってい

った。

「おとうさん、キャンプ場《じょう》まであとどれくらいあるの？」

「そうだなあ。あと二時間も走《はし》れば着《つ》くだろう」

キャンプ場《じょう》を利用《りよう》せず、たまたま見つけた空き地などでテントを広げることも多い。けれど今回は、おとうさんがずっと前に行ったことのある、キャンプ場《じょう》を目指《めざ》している。一度《いちど》行って、とても気に入ったのだという。

「そこは山の奥《おく》にあって、道も整備《せいび》されていないから、あまり人が行かないんだ。だから自然《しぜん》のまったただ中って感《かん》じで、すごくいいところなんだぞ」

（注１）キャンプなどでよく使われる、
人がすっぽり入れるような形をしている寝ぶくろ。

おとうさんは、子どもみたいに声をはずませている。きっといい場所《ばしょ》なんだろうな。ぼくたちはでこぼこの道を、慎重《しんちょう》に走っていった。右を見ても、左を見ても、見えるのは山、山、山。本当に自然《しぜん》のど真《ま》ん中だ。しばらくの間、一人の人にも出会っていない。

でこぼこ道の連続《れんぞく》で、ぼくのお尻《しり》が少し痛《いた》くなってきたころ、おとうさんがストップの合図《あいず》を出した。

「おかしいな。たしか、このコースでいいと思《おも》ったんだけど」

自転車《じてんしゃ》に取《と》りつけた、GPS(注2)を見る。するとどういうわけか、画面《がめん》に何も標示《ひょうじ》されていない。

「電池切《でんちぎ》れ？　ちゃんと新《あたら》しい電池《でんち》に取《と》り替《か》えたんだけどな」

(注2) 衛星からの電波をもとに、自分のいる場所を知ることができるシステム。

ザックから予備《よび》の電池《でんち》を取《と》りだし、入れ替《か》えてみる。けれど、画面《がめん》に変化《へんか》はない。その時、ぼくのほっぺにポツンと冷《つめ》たいものが当たった。

「雨だ。おとうさん、雨が降《ふ》ってきたよ」

「よわったな。日暮《ひぐ》れが近い上に雨まで降《ふ》ってきたか。しかたない。どこか、ビバーク(注3)のできる場所《ばしょ》を探《さが》そう」

こうしてぼくたちは、カッパを着《き》こんでテントの張《は》れる場所《ばしょ》を探《さが》した。夏とはいえ、山の雨はつらい。体のしんから冷《つめ》たくなってくる。

十分もたっただろうか、おとうさんが、どうにかテントの一つくらいなら張《は》れそうな場所《ばしょ》を探《さが》し出した。二人で協力《きょうりょく》してテントを張《は》る。その間にも、雨はますます激《はげ》しくなってきた。

（注3）山小屋やキャンプ地ではない場所で、かんたんな装備で夜を明かすこと。

「ふいーっ、まいったな」

テントにもぐりこんだぼくたちは、まずタオルで頭をゴシゴシとふいた。つぎにぬれたカッパをぬいで、持《も》ってきたレジぶくろの中に押《お》しこむ。

「寒《さむ》くないか、祐太《ゆうた》。ほら、早くこれを着《き》ろ」

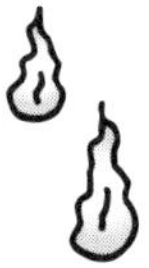

おとうさんが長そでのトレーナーをザックから取《と》り出す。

「ありがとう。だけどどうしてＧＰＳがきかなくなったんだろうね」

「ああ、ついてないな、こんな時に故障《こしょう》だなんて。……それにしてもひどい雨だ。テントがぶっつぶれそうだよ」

そんなおとうさんの声も、テントをたたく雨音にかき消《け》されてしまう。

こんなトコきてるし……

しらないぞオ〜

ぼくたちが持《も》ってきたテントはツーリングテントというテントで、あまり広いテントじゃない。二人が横《よこ》になったら、荷物《にもつ》を置《お》くスペースも、ろくにありゃしないんだ。

雨が激《はげ》しいまま、日没《にちぼつ》を迎《むか》えた。バッテリー式《しき》のヘッドランプでかすかな明かりをともす。おとうさんといっしょとはいえ、二人きりではやはり心細《こころぼそ》い。ぼくたちはか細《ぼそ》い明かりを頼《たよ》りに、食事《しょくじ》のしたくを始《はじ》めた。携帯《けいたい》コンロの青白い火が、シューッという音と共《とも》に、テントの天《てん》井《じょう》をボウッと照《て》らした。インスタントラーメンだけの食事《しょくじ》だ。それでも、温《あたた》かいものが体の中にはいると、それだけでどこかホッとした感《かん》じになる。昼間《ひるま》の疲《つか》れもあってか、ついうとうとといねむりが出た。

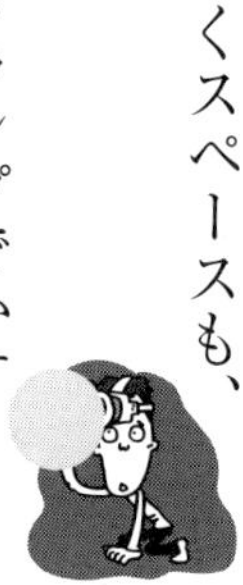

「おとうさん、ぼく、もうねむいよ」
「そうか。まあ、することもないし、今夜は早めに寝《ね》ることとしよう」
ぼくたちはバスタオルにくるまって、そのままねむりについた。

【カサッ、……カサッ】

何かの物音《ものおと》で目を覚《さ》ました。

「おとうさん、おとうさん、テントの外で何か音がしてるよ」

ぼくの声で目を覚《さ》ましたおとうさんも、じっと耳をすます。いつの間にか雨の音がしなくなっていた。シーンと静《しず》まりかえった中に、【ザクッ、ザクッ】と何かが歩き回るような音がする。

「おれたちみたいに、道に迷《まよ》った人でもいるのかな?」

ヘッドランプをつけて、テントのジッパーを開《あ》ける。雨はやんでいた。それどころか、白い月がこうこうと輝《かがや》いている。あたりは一面《いちめん》の雑木林《ぞうきばやし》だ。

「いくら山慣《やまな》れた人だって、こんな夜中にライトもつけずに歩いているわけがない。キツネかタヌキでもうろうろしてるんだろう」

そう思《おも》ったら、気が楽になった。時刻《じこく》を見ると午前一時過《す》ぎ。もう一度《いちど》、バスタオルにくるまって横《よこ》になる。

【ザクッ、ザクッ】

まただ。それにどう聞いても、キツネやタヌキみたいな軽《かる》い音ではな

い。一歩一歩《いっぽいっぽ》、ゆっくりと歩く人間の足音だ。その足音が、テントの周《まわ》りを一周《いっしゅう》する。

「だれだ！」

おとうさんが大声を上げる。けれど、反応《はんのう》はない。

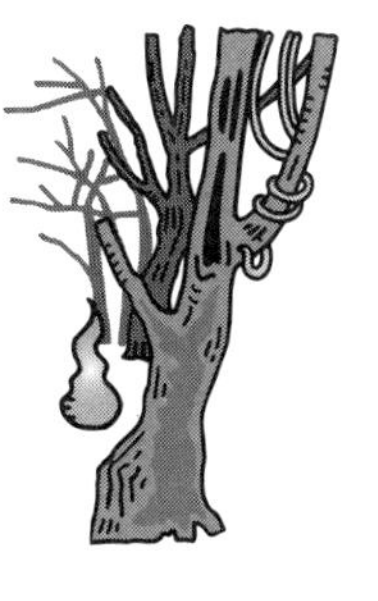

「ハッ！」

次《つぎ》の瞬間《しゅんかん》、ぼくは息《いき》をのんだ。うすいテントの生地《きじ》の向《む》こうに、月明かりに映《うつ》った人の影《かげ》がゆらゆらとゆれていたからだ。よく見るとその人影《ひとかげ》は、手にカマのようなものを持《も》っている。

「し、死神《しにがみ》？」

そいつはやがてテントのポールをにぎり、ゆさゆさとテントを強くゆ

すり始《はじ》めた。
「ここにいては、いけないんだ……」
おとうさんとぼくは、大急《おおいそ》ぎで出発《しゅっぱつ》のしたくをし、テントの外へ飛《と》び出した。だれもいない。ラッキーなことに、ＧＰＳが今度《こんど》は作動《さどう》している。

「テントはこのままでいい。行くぞ、祐太《ゆうた》！」
ぼくたちは、びしょぬれのマウンテンバイクにまたがり、思《おも》い切りペダルを踏《ふ》んだ。

「走れ！　一気に走るんだ！」

おとうさんに言われるまでもない。ぼくは必死《ひっし》で風を切った。ライト

にうかびあがったでこぼこの道にじっと目をこらす。何度《なんど》か転倒《てんとう》しそうになりながら十分、二十分と走り続けた。足や背中《せなか》は、はねあがったドロでまっ黒だ。と、その時だ。木の根《ね》にタイヤを取《と》られ、ぼくの体と自《じ》転車《てんしゃ》は、地面《じめん》にはげしくたたきつけられた。

「だいじょうぶか、祐太《ゆうた》！」

おとうさんが自転車《じてんしゃ》を止めて、ぼくに走り寄《よ》る。

「うん、だいじょうぶ。土がやわらかかったから」

そう言って起《お》き上がろうとしたのだが、なぜか立ち上がることができない。

「あれっ？　どうしたんだろう。……う、うわっ！」

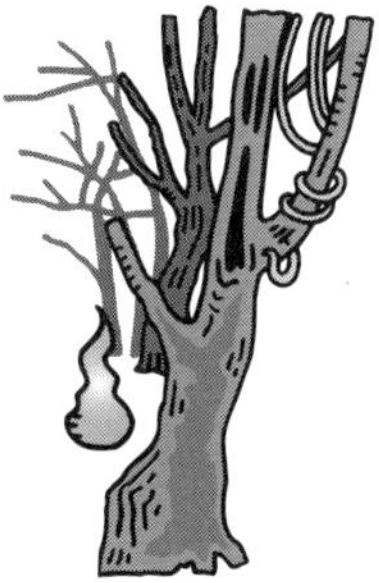

信《しん》じられないことだった。

月明かりに映《うつ》し出されたぼくの足首を、地面《じめん》から突《つ》き出た白い手が、ぎゅっとつかんでいたのだ。

「ええい、このやろう！」

おとうさんが近くにあった石で、その手をなぐりつける。

すると、まるで掃除機《そうじき》で吸《す》いこまれるように、白い手が地《じ》

面《めん》に消《き》えていった。

「走れ！　とにかくここからぬけ出すんだ！」

再《ふたた》び走った。何もかもわすれて、夢中《むちゅう》でぼくは走った。

いったいどれくらい走ったのだろうか。ぼくたちはようやく目指《めざ》すキャンプ場《じょう》にたどり着《つ》いた。

「ああ、着《つ》いた。やっと着《つ》いたんだね！」

ぼくの大声のせいか、いくつかのテントに明かりがついた。

「だれだい、こんな夜中に大声を出してるのは」

一人の人がテントから出てきた。すると、別《べつ》のテントからも何人かが

「何事《なにごと》だ」とはい出してきた。ぼくは、さっきあった恐怖《きょうふ》のできごとの一部始終《いちぶしじゅう》を話した。すると、ヒゲを生やした一人の男の人が、ゆっくりとした口調《くちょう》で話し出す。

「そりゃあ、〝死神《しにがみ》〟だ。どうも、このあたりに住《す》み着《つ》いているらしく、おれも若《わか》いころに出会ったことがある。この腕《うで》をギュッとつかまれてな」

ライトを向《む》けてみると、その男の左腕《ひだりうで》には、むらさき色の指《ゆび》のあとがくっきりとついていた。

「このアザはな、一生、消《き》えないんだ。ほら、ぼうやの足を見てみな」

ぼくはゴクッとつばを飲《の》みこんだあと、そっと自分の足首を見た。するとそこには、くっきりと指《ゆび》のあとがついていた。

# なあに？

部活《ぶかつ》が終《お》わったのは、五時過《す》ぎだった。帰り道で夕立にあって、全身《ぜんしん》びしょぬれだ。

「ひえ～っ、ただいまぁ！」

ぼくは玄関《げんかん》のドアを勢《いきお》いよく開《あ》けて、家の中へ飛《と》びこんだ。

「うわっ、びっちょびちょ。……おかあさ～ん！」

【なぁに？】

二階《かい》から返事《へんじ》が返《かえ》ってきた。いつもながらの間のびした声だ。洗濯物《せんたくもの》でも取《と》りこんでいるんだろうか。おりてくる気配《けはい》がない。

「ねえ、おかあさんってば。びしょぬれなんだ。代《か》わりの服《ふく》とタオルを持《も》ってきてよ〜、早く早く！」

【なぁに？】

まったくもう、聞こえないんだろうか。こんなに大きな声でどなってるっていうのに。

「やれやれ、早くも老化《ろうか》の始《はじ》まりかいな」

ぼくはしかたなく、玄関先《げんかんさき》でウインドブレーカーをぬぎ、そいつをバサバサと上下に大きく振《ふ》った。水滴《すいてき》があたりに飛《と》び散《ち》る。

「いけね、怒《おこ》られちゃう」

前にも一度《いちど》、玄関《げんかん》をこうやってぬらした。そうしたら、めちゃくちゃ、怒《おこ》られたんだ。

靴下《くつした》も脱《ぬ》ぎ、素足《すあし》で洗面所《せんめんじょ》に行き、タオルを手にする。そしてもう一《いち》度《ど》玄関《げんかん》にもどり、ぬれたところをていねいにふきとった。それからそのタオルで、自分の頭をゴシゴシとこする。

「ふうっ、ちょっとさっぱりした」

ボサボサの髪《かみ》でリビングに入る。テーブルの上にチョコクッキーがあったので、それをポンとひとつ、口の中に放《ほう》りこんだ。

「おっ、うめえこれ」

ぼくは口をもぐもぐさせながら、二階《かい》に上がる。

「あのさあ、おかあさん。ぼく今日、大かつやくだったんだ。ハットトリック決《き》めたんだぜ。わかる？　ハットトリック」

【なぁに？】

（えっ？）

ぼくの足が一瞬《いっしゅん》、止まる。さっきは確《たし》かに二階《かい》から聞こえてきたおかあさんの声が、今は下から聞こえてきた。

「おかあさん、いつの間に降《お》りたんだ？」

うちに階段《かいだん》は、もちろん一か所《しょ》しかない。いくらなんでも、すれちがってわからないはずがない。

「やれやれ、二階《かい》から聞こえたってのは気のせいか。老化《ろうか》の始《はじ》まりはぼくのほうかも」

ペロッと舌《した》を出して、階段《かいだん》をおりる。もしかすると、玄関《げんかん》の水滴《すいてき》をふき取《と》っているときに下へおりたのかも知れない。

「おかあさ〜ん、チョコクッキー、もっと……」

【なぁに？】

今度《こんど》は、心臓《しんぞう》がドクンと音を立てた。聞こえたんだ、二階《かい》から。

「お、おかあさん……？」

おそるおそる声をかける。

【なぁに？】

やっぱりだ。やっぱり二階《かい》から聞こえてきた。

(何だこれは。ぼくの耳か頭がどうかしちゃった? それとも……)

その時、電話のベルが鳴った。

「は、はい、岡井《おかい》です」

「慶《けい》ちゃん? おかあさんだけどね」

ぼくの全身《ぜんしん》を、ゾッとしたものが包《つつ》みこむ。

「今、買《か》い物《もの》してるんだけどね。夕食《ゆうしょく》、オムライスでいい?」

ぼくは、何も答えられなかった。まちがいなくおかあさんの声だ。

「それじゃ今、この家の中にいるのは……?」

二階《かい》から、ゆっくりと白い影《かげ》がおりてきた。

オムライスでいい？
……
にょ♥

# おいてけぼり

日本の古い怪談《かいだん》に、「おいてけ堀《ぼり》」という話があります。その話とそっくりなできごとが、今の世の中にもあったのです。

ひろきは小学校三年生。今日は六年生のお兄ちゃんといっしょに、近くの川へつりにきていました。

「なんだよ、ぜんぜんつれないじゃんか」

お兄ちゃんは、なんだかイライラしているようでした。そのお兄ちゃ

んだけでなく、ひろきもさっぱりつれません。

「だめだ、こんな川。よし、〝ひかげ沼《ぬま》〟へ行ってみよう。あそこは、すごくつれるらしいぞ」

〝ひかげ沼《ぬま》〟と聞いて、ひろきはだまっていられません。

「だめだよ。あそこはあぶないから、つりは禁止《きんし》なんだ」

ひろきは、必死《ひっし》に止めました。けれどお兄ちゃんは、そんなひろきの言葉《ことば》に、耳をかそうともしません。

「かまうもんか。ちゃんと気をつけてれば、あぶなくなんかないさ」

それだけ言うと、さっさとつりの道具《どうぐ》をしまいこみ、自転車《じてんしゃ》にくりつけます。

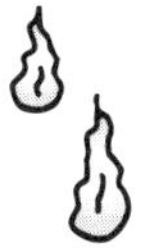

「行くぞ、ひろき。ちゃんとついてこいよ」

「あっ、待《ま》ってよ！」

お兄ちゃんは、ひろきの顔をちらりとも見ずに、自転車《じてんしゃ》のペダルをふみました。

「だめだよお兄ちゃん。だめだってば！」
そうは言ったものの、ここで置《お》いて行かれるのもしゃくにさわります。
ひろきはしかたなく、お兄ちゃんのあとについて行きました。

二十分ほど走り、二人は沼《ぬま》に着《つ》きました。あたりはひっそりとしています。

「しめしめ、だれもいないぞ」
お兄ちゃんははりきって、つりのじゅんびをはじめます。ひろきはそれをただだまって、じっと見ているだけでした。

お兄ちゃんがつり糸を投《な》げこんで、ほんの二、三分たったころです。さおの先が、ピクッと動《うご》きました。それと同時《どうじ》に、グイッとさおを引き上げます。
「よっしゃあ、さっそくゲット！」
すぐに、最初《さいしょ》の一ぴきがつれました。

「なんだこれ。フナかなぁ。アジににてるけど、まさかね」
アジは海に住《す》む魚です。こんな沼《ぬま》でつれるはずがありません。お兄ち

やんは、運《はこ》んできたクーラーボックスに、その魚を投《な》げ入れました。そしてまた、さおをビュンとふりあげて、えさをポチャンと投《な》げこみます。するとすぐにまた、魚がかかります。どんどん、つれるのです。

「うひょー、おもしれえ。……ははあ、ここがあんまりいいつり場なんで、人があまり来ないように、『ここはあぶない』なんて、だれかがデマを流《なが》

したんだ。へへっ、最高《さいこう》の場所《ばしょ》を見つけちゃったもんね～」
すっかり上きげんなお兄ちゃん。クーラーボックスは、あっという間にいっぱいになりました。それを見ていると、ひろきも何だかつってみたい気持《きも》ちになってきます。
「あれっ、雨……」
ひろきのほっぺに、ポツリと冷《つめ》たいものが当たりました。

「ちょうどいいや。クーラーボックスにももう入りきれないし、ちょうど雨もふってきたし、今日はここまでにしておくか。来週《らいしゅう》もまた来ようっと」

お兄ちゃんは、はな歌まじりで帰りのしたくを始《はじ》めます。と、その時

です。

【おいてけ〜】

どこからともなく、ひくい声がひびいてきました。

「な、なんだよ、ひろき、へんな声出すなよ」

「ぼくじゃないよ。お、お兄ちゃんじゃなかったの？」

ひろきとお兄ちゃんは、思わず顔を見合わせます。

「だれかいるのかァ？　お、おかしないたずらはよせよ！」

お兄ちゃんが、せいいっぱいの勇気《ゆうき》をふるいおこして、そうどなりました。

【おいてけ〜】

　また聞こえました。ひろきがお兄ちゃんのシャツを引っ張《ぱ》って言いました。

「ねえ、置《お》いていこうよ。魚を沼《ぬま》に返《かえ》そうよ」

「何、言ってんだ。せっかくこんなにつったんだ。返《かえ》してたまるかよ」

　お兄ちゃんは大急《おおいそ》ぎで帰りのしたくをし、いきおいよく自転車《じてんしゃ》にまたがりました。もちろん、ひろきもその後に続きます。雨はしだいに強くなってきます。

「ひろき、スピードアップだ。がんばれ！」

　二人はダッシュで沼《ぬま》をはなれます。通りへ出て、カーブを曲《ま》がるその時でした。

ガッシャーン！

お兄ちゃんの自転車《じてんしゃ》が、ぬれた路面《ろめん》ですべって、ころんだのです。

「いててて」

「だいじょうぶ？　お兄ちゃん」

ひろきがかけよると同時《どうじ》に、一人の男の人がやってきました。目の前のお店から出てきたようです。

（魚屋《や》さん？　こんなところに魚屋《や》さんなんてあったかな）

ひろきがそんなことを考《かんが》えていると、男の人はお兄ちゃんのひざのけがを見て、そのひざをパチンとたたきました。

「平気《へいき》、平気《へいき》。ただのかすり傷《きず》だ。それよりあんちゃん、この魚、どこでってきたんだい？」

「えっ、あ、か、川です。江戸川《えどがわ》」

すると男の人は、ひくい声になって言いました。

「バカいうんじゃない。サバだのアジだのが江戸川《えどがわ》でつれるかい。へへっ、まあいいや」

魚屋《や》さんの店員《てんいん》だったようです。

その足もとで、一ぴきの魚がピチピチとはねています。

「おっ、いきのいいアジじゃねえか。どれ、さばいてやるか。ほら、見ていろよ」

男の人は、お兄ちゃんをむりやりお店の中へつれていきました。ひろきの方には、見向《む》きもしません。

「そら、いくぞ！」

ほうちょうを入れると、まっ赤な血《ち》があたりに飛《と》び散《ち》りました。のぞきこんでいたお兄ちゃんの顔にも、たっぷりの血《ち》がシャワーのようにふりかかります。こんな小さな一ぴきの魚から、こんなにもたくさんの血《ち》がふきだすものでしょうか。

「うわっ、おじさん、タオル貸《か》して。顔をあらわせてよ」

「ああ、いいよ。好《す》きなだけあらいな」

すぐ横《よこ》の洗面所《せんめんじょ》で顔をザブザブあらいます。

「えっ、なんで？　落《お》ちないよ。この血《ち》、ぜんぜん落《お》ちないよ！」

お兄ちゃんの声が、なみだ声に変《か》わります。その後ろで男の人が、ニヤッと笑《わら》いました。

「その血《ち》は落《お》ちないんだよ。一生な……」

次《つぎ》の瞬間《しゅんかん》、男の人の姿《すがた》がスウッと消《き》えました。

お兄ちゃんの顔についたその血《ち》は、いつまでも消《き》えることがありませんでした。

# そこにいるのはだれ？

雨の夜だった。わたしは明日の校外学習《がくしゅう》に備《そな》えて、早めに寝《ね》ることにした。

「明日は、晴《は》れてくれるといいなぁ」

そんなことを願《ねが》いながら、雨の音を聞いていた。

フッと夜中に目が覚《さ》めた。部屋《へや》の中がぼんやり明るい。小さな窓《まど》から

月が見える。

「雨が降《ふ》ってるのに、月が出てる……」

おかしな夜だなと思った。わたしの部屋《へや》のドアは、すりガラスがはめこんである。廊下《ろうか》の窓《まど》から月の光がさしこんで、ドアのガラスを通り抜《ぬ》けていた。

と、そのすりガラスの向《む》こうを、右から左にゆっくり通り過《す》ぎていく白っぽい人影《ひとかげ》がある。

「りのん（妹）かな？　トイレね、きっと」

りのんのパジャマは白っぽい。まちがいないと思った。少しして、今《こん》度《ど》はその人影《ひとかげ》が左から右に動《うご》き、ドアの前で止まった。声をかけてみる。

「りのん、トイレだったの？」

しかし、返事《へんじ》はない。

（りのんじゃないのかな）

「おかあさんなの？」

やはり、返事《へんじ》はない。ねぼけてるのかなとも思い、部屋《へや》の明かりをつけた。そしてそっとドアを開《あ》ける。

「りのん？　おかあさん？」

やっぱりだれもいない。気のせいだったのだろうか。気がつくと、やけにのどがかわいている。階段《かいだん》をおりて、冷蔵庫《れいぞうこ》の中から冷《つめ》たいウーロン茶を取《と》り出した。

「ふうっ、おいしい」
時計を見ると、午前一時半を少し回ったところ。階段《かいだん》を上がって自分の部屋《へや》へ向《む》かう。
「あれっ？」
わたしは首をかしげた。つけたはずの部屋《へや》の明かりが消《き》えている。そしてすりガラスの向《む》こうに、白い人影《ひとかげ》が見えたのだ。

（だれかが中にいる……）
「だれ？　勝手《かって》に部屋《へや》に入ったのはだれなのよ」
きっと妹がふざけているのに違《ちが》いない。そう思《おも》いたかった。ゴクッとつばを飲《の》みこんで、ゆっくりドアを開《あ》ける。ギッとかすかな音がする。

しかし、中にはだれもいなかった。（わたしの気のせいかなぁ）

そう思《おも》って、ドアを後ろ手に閉《し》めたときのことだった。

「ヒッ！」

わたしの首筋《くびすじ》に冷《つめ》たいものが走った。

「キャーッ！」

思わずふり向《む》いたわたしは、悲鳴《ひめい》をあげた。そこに、見知らぬ女の子がポツンと立っていたからだ。

「だれ？　あなたはだれなのよ！」

壁《かべ》にへばりつくようにして、部屋《へや》のすみでかたまる。しかしその子は、ひとこともしゃべらない。おかっぱ頭で白いワンピースを着《き》た女の子は、

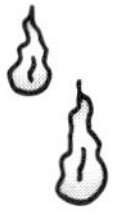

わたしより三つくらい年下に見える。

「どうしたんだ、リナ。何かあったのか?」

わたしの大声に、父と母がかけこんできた。

「ほ、ほらそこに、女の子が……」

わたしがその女の子を指《ゆび》さす。

「あれ、いない……」

「何だよ、リナ。寝《ね》ぼけてるんじゃないのか。まったく人騒《ひとさわ》がせだな」

父はそう言って、わたしの頭をくるっとなでた。

「そんなことないよ。たしかにいたの、そこに知らない女の子が」

わたしがいくら言っても、父も母も本気にはしてくれない。結局《けっきょく》その

夜は、父と母の部屋《へや》で、いっしょに寝《ね》かせてもらうことにした。

朝、目が覚《さ》めると、外は雨だった。

「昨日《きのう》のできごとって、何だったんだろう。やっぱりわたしが寝《ね》ぼけていたのかなぁ」

わたしは髪《かみ》の毛をゴシゴシとかきむしって、階段《かいだん》をおりていった。

「おはよう、リナ。どう？　あれからまた女の子は出たの？」

完全《かんぜん》にからかってる。わたしはそんな母の言葉《ことば》を無視《むし》して、リュックの点検《てんけん》をしていた。外は雨でも、バスに乗《の》るからだいじょうぶ。それに今日は、博物館《はくぶつかん》見学が中心《ちゅうしん》だから、雨でも別《べつ》に関係《かんけい》ない。

学校に行くと、もう半分以上《いじょう》の人たちが集合《しゅうごう》していた。みんな、張《は》り切ってるな。

かんたんな出発《しゅっぱつ》の会が終《お》わり、どやどやとバスに乗《の》りこむ。わたしの席《せき》は前から四番《ばん》目の窓側《まどがわ》だ。やがてバスが走り出す。

「あーあ、たいくつだなあ」

バスレクは、最初《さいしょ》の休憩地点《きゅうけいちてん》をすぎてから開始《かいし》の予定《よてい》だから、今はすることがない。たまに隣《となり》の席《せき》の菜々花《ななか》とおしゃべりをするくらいだ。

わたしがぼんやり外の景色《けしき》を見ていると、バスのすぐ横《よこ》に、一台のトラックが止まった。運転席《うんてんせき》が、だいたいわたしの座席《ざせき》と同《おな》じくらいの高さだ。とその時、わたしの心臓《しんぞう》はドクンと止まりそうな音を立てた。そ

のトラックの助手席《じょしゅせき》に、昨夜《さくや》の女の子が乗《の》っていたからだ。トラックはすぐに行ってしまったが、わたしの体は、自分の意志《いし》とは関係《かんけい》なく、ガタガタとふるえだした。

「どうしたの、リナ。顔が真《ま》っ青よ」

菜々花《ななか》が心配《しんぱい》そうにわたしの顔をのぞきこむ。このバスに同乗《どうじょう》していた保健《ほけん》の先生もやってきた。体のふるえは、ますますひどくなった。

どうしてこんなふうになってしまうのか、自分でもわからない。

「リナちゃんをこのまま乗《の》せておくのは危険《きけん》かも知れません。少し外の風に当てる必要《ひつよう》があります。わたし、いっしょにおりて、少し休ませます。ひどい乗《の》り物酔《ものよ》いかも知れませんね。あとからタクシーで追《お》いかけ

ますから、だいじょうぶですよ」

わたしは保健《ほけん》の先生といっしょに、バスをおりた。そして近くにあった公園《こうえん》で雨宿《あまやど》り。すると、わたしの体調《たいちょう》はそれまでのことがうそだったように回復《かいふく》した。それも、あっという間に。

「何だったのかしらね。もう、タクシーに乗《の》れそう？」

うんとうなずくわたし。間もなく通りかかったタクシーに乗《の》って、みんなの後を追《お》いかける。しかし、すぐに大渋滞《だいじゅうたい》。

「運転手《うんてんしゅ》さん、この渋滞《じゅうたい》って、ずっと続《つづ》くんですか？」

保健《ほけん》の先生の言葉《ことば》に、運転手《うんてんしゅ》さんは頭《あたま》をカリカリとかいた。

「いやあ、さっき無線《むせん》がはいりましてね。この先でバスが事故《じこ》を起《お》こして、遠足の子どもたちがたくさんケガをしたらしいですよ」

わたしと保健《ほけん》の先生は、思わず顔を見合わせた。

（あの女の子が、わたしを守《まも》ってくれたの？　いったいだれなの？）

降《ふ》りしきる雨が、タクシーの屋根《やね》で音を立てていた。

# 写真《しゃしん》の中の女の子

ぼくたち三人はどんどん山の中に入っていった。上り坂《ざか》の自転車《じてんしゃ》は、けっこうきつい。

「おい、本当にあるのかよ。こんなところに」

「あるんだってば。いいからだまってついてこいよ」

夢希《ゆうき》と亮太《りょうた》が言い争《あらそ》っている。ぼくたちは今、〝かくれが探《さが》し〟をしているところだ。前からぼくらは、どこかにいいかくれがないかと、

あちこちを探《さが》していた。だって、自分たちだけの〝かくれが〟があるって、かっこいいじゃないか。どこかにいいかくれがを見つけて、そこでだれにもじゃまされず、好《す》きなことを、あきるまでやるんだ。今のところ、それがぼくの、いや、ぼくたち三人の夢《ゆめ》なんだ。

「あった、ここだ！」

とつぜん、亮太《りょうた》が大声を出した。その指《ゆび》の先には、どうやって建《た》ってるんだろうと思うほどの、オンボロ小屋《ごや》があった。すかさず夢希《ゆうき》が、声のトーンを落《お》として言った。

「これかよ。亮太《りょうた》の言った『ちょうどいいかくれが』っていうのは」

「ちょっとひどすぎやしないか？　まるっきりゴミじゃん」

ぼくも、これにはちょっとあきれてそう言った。

「ぜいたくいうなよ。いい家だったら、とっくにだれかがすんでるさ。それに中はあんがい、まともかもしれないぜ」

あまり期待《きたい》はできないけど、ここは亮太《りょうた》の言う通りにするしかない。

ぼくたちは、自転車《じてんしゃ》のスタンドを立て、それから半分開《ひら》きかけたドアを押《お》し開《あ》けて、中へ入る。ギギッとボロ家お決《き》まりの音がした。

「うわっ、なんだよこれ。大地震《だいじしん》でもあったのか？」

夢希《ゆうき》が大げさにおどろいてる。確《たし》かにそんな感《かん》じだ。机《つくえ》は逆《さか》さまに吹《ふ》っ飛《と》んでるし、いすの脚《あし》がなぜだか窓《まど》から飛《と》びだしてる。柱《はしら》時計《どけい》は床《ゆか》に落《お》ちていて、電気スタンドなんか反対《はんたい》向《む》きにのけぞっている。それで

も、ちょっとおしゃれな出窓《でまど》なんかがあったりもする。

「別荘《べっそう》かなんかで使《つか》ってたのかなぁ」

ぼくの言葉《ことば》に、夢希《ゆうき》が「さあね」と首をすくめる。

「おっ、これ何だ?」

逆《さか》さまになった机《つくえ》の引き出しから、数枚《すうまい》の写真《しゃしん》が出てきた。どれもこれも、山や湖《みずうみ》などの風景写真《ふうけいしゃしん》。と、その中に一枚《まい》だけ、人物《じんぶつ》の写真《しゃしん》が混《ま》じっている。

「へっ、けっこうかわいいじゃんか」
品《ひん》のない笑《わら》いを浮《う》かべた亮太《りょうた》が、その写真《しゃしん》をぼくに差《さ》し出した。

夢希《ゆうき》がどれどれと、横《よこ》から顔を突《つ》き出す。それは、ひとりの女の子が、

窓《まど》の前でじっとこっちを見ている写真《しゃしん》だった。長い髪《かみ》に、くるっとした目がなかなかかわいい。
「それにしても、ここはちょっと使《つか》えねえなあ、荒《あ》れすぎてて。帰ろ、帰ろ」
　夢希《ゆうき》がその写真《しゃしん》をひったくり、それからポンと投《な》げ捨《す》てて言った。亮太《りょうた》だけが、少し不満《ふまん》そうな顔をしている。

外へ出ると、いつの間にか雨が降《ふ》っていた。

「ついてねえな。かさなんか、持《も》ってきてねえぞ。しょうがない、ダッシュで帰るか」

ぼくたちは、サドルの水をサッと手でぬぐい、それぞの家へと向《む》かって走り出した。

「うひゃー、ただいまぁ！」
だれもいない。それなのに、玄関《げんかん》が開《あ》けっ放《ぱな》しだ。

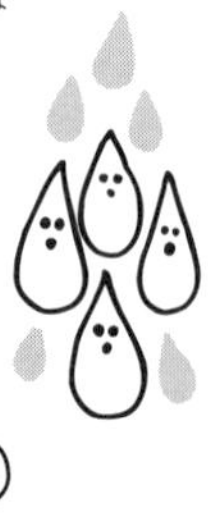

「なんだよ、不用心《ぶようじん》だな」

ぼくはぬれたジャンパーをぬいで、バサバサと水気を飛《と》ばす。小雨だ

ったのがラッキーだった。と、胸《むね》のポケットから、一枚《まい》の写真《しゃしん》がひらひらと飛《と》び出した。

「なんだこれ？」

拾《ひろ》いあげた写真《しゃしん》を見て、ぼくは「あっ」と声をあげた。さっき、あのボロ小屋《ごや》で、夢希《ゆうき》が投《な》げ捨《す》てたはずの写真《しゃしん》だったのだ。長い髪《かみ》の女の子が、ぼくを見あげている。

「ちぇっ、亮太《りょうた》のやつだな。きっとあいつがいたずらして、気がつかないうちに、ぼくの胸《むね》ポケットに押《お》しこんだんだ」

夢希《ゆうき》はずっとぼくの前にいたから、あいつじゃない。それにしても、いったいいつやったんだろう。胸《むね》ポケットに入れたならふつうは気がつ

くと思うんだけど……。

ぼくはその写真《しゃしん》を拾《ひろ》いあげ、もう一度《いちど》じっくりとその女の子を見た。

「ふうん、やっぱかわいいな、この子」

よく見るとまつげも長い。左目の下に、小さな泣《な》きぼくろがある。

「あれっ？」

ぼくは首をかしげた。女の子の写《うつ》っているその背景《はいけい》。それにどうも見覚《みおぼ》えがある。人物《じんぶつ》にピントが合っているのでちょっとぼけてはいるが、たしかにどこかで見たような気がするのだ。家々《いえいえ》の向《む》こうに、公園《こうえん》のブランコが半分だけ見える。ほんのちょっと右の方角《ほうがく》へ目を移《うつ》すと、そこには神社《じんじゃ》の高い木。

「どこだっけな、ここ。……あれっ？　でもまさか……」

　そんなバカなはずはないと思いながら、ぼくはその写真《しゃしん》を持《も》って、二階《かい》の自分の部屋《へや》へ行った。そして自分の部屋《へや》の窓《まど》を開《あ》け、そこから外を見た。

「お、同《おな》じだ……」

　そこから見る風景《ふうけい》は、写真《しゃしん》に写《うつ》った背景《はいけい》とまったく同《おな》じだった。

「どういうことだよ、これって。……じゃあ、もしかするとこの部屋《へや》に、この女の子がいたってこと？」

　ぼくの背中《せなか》に、ゾゾッと冷《つめ》たいものが走る。急《いそ》いで窓《まど》を閉《し》めた。すると、三分の二ほど閉《し》めたその窓《まど》ガラスに見知らぬ女の子が映《うつ》っていた。

（ぼくの後ろに、あの子がいる……）

ぼくはふり向《む》くこともできず、その場《ば》で石のように固《かた》まっていた。

【わたしのお友だちになって……】

ろうそくの炎《ほのお》みたいにか細《ぼそ》い声だった。

「うわわ！」

ぼくは思わず、体をギュッと縮《ちぢ》める。と、その拍子《ひょうし》に、持《も》っていた写《しゃ》真《しん》がぼくの手から離《はな》れ、窓《まど》ガラスのすき間から外へ飛《と》び出した。外には冷《つめ》たい風が吹《ふ》いていたのだろう。写真《しゃしん》は空高く舞《ま》い上がり、どこへともなく消《き》えていった。

【だめなのね。さみしい……】

窓《まど》ガラスに映《うつ》った女の子は、とても悲《かな》しそうな顔になり、そして静《しず》かに消《き》えていった。ぼくはおそるおそる、後ろを振《ふ》り返《かえ》る。だれもいない。窓《まど》から吹《ふ》きこんだ風が、カレンダーのすみを、パラパラとめくりあげているだけだった。

それから二度と、その子は現《あらわ》れなかった。それからというもの、部屋《へや》の窓《まど》から外の景色《けしき》をながめるたびにぼくは思う。

「友だちになってやればよかったかな」と。

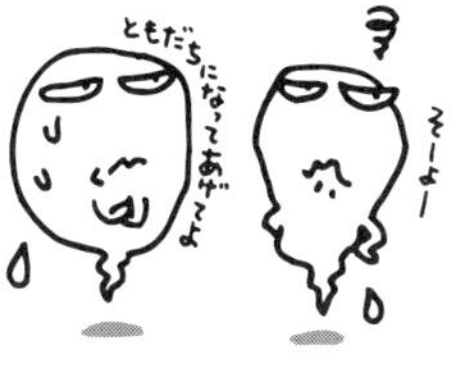

▲著者 山口　理（やまぐち　さとし）
東京都生まれ。教職の傍ら執筆活動を続け、のちに作家に専念。児童文学を中心に執筆するが、教員向けや一般向けの著書も多数。特に〝ホラーもの〟は、『呪いを招く一輪車』『すすり泣く黒髪』（岩崎書店）『あの世からのクリスマスプレゼント』『桜の下で霊が泣く』や、『5分間で読める・話せるこわ〜い話』『死者のさまようトンネル』（いかだ社）など、100編を超える作品を発表している。

▲絵 伊東ぢゅん子（いとう　ぢゅんこ）
東京都生まれ。現在浦安市在住。まちがいさがし、心理ゲームなどのイラスト・コラムマンガ等、子ども向けの本を手がけ、『なぞなぞ&ゲーム王国』シリーズ、『大人にはないしょだよ』シリーズ、『恐竜の大常識』シリーズ（いずれもポプラ社）のキャラクター制作を担当。

編集▲内田直子
ブックデザイン▲渡辺美知子デザイン室

**恐怖の放課後　雨の夜の死神**

2008年5月5日　第1刷発行

著　者●山口 理©
発行人●新沼光太郎
発行所●株式会社いかだ社
〒102-0072 東京都千代田区飯田橋2-4-10 加島ビル
Tel. 03-3234-5365　Fax. 03-3234-5308
振替・00130-2-572993
印刷・製本　株式会社ミツワ

乱丁・落丁の場合はお取り換えいたします。
ISBN978-4-87051-230-6